Viktor A.King ©

登録商標

無断複写・転載を禁じます。

VIKTOR A.

KING

影のベール

自己紹介

魅力的なホラーファンタジー連載小説

「Veil of Shadows」の世界に足を踏み入れてください。この魅力的な小説は、ホラーの恐ろしさとファンタジーの無限の想像力を組み合わせ、超自然的な存在、背筋の寒さを感じるサスペンス、神秘的な領域を織り交ぜて、読者に忘れられない読書体験を提供します。このプレゼンテーションでは、「Veil of Shadows」をホラーファンタジージャンルのファンにとって必読の要素とテーマを探求します。

キーワード：ホラー、ファンタジー、サスペンス、超自然、神秘的な領域あらすじ：

「Veil of Shadows」は読者を闇が支配し、古代の力が目覚める領域へと連れて行きます。この影の世界では、魅力的なキャラクターたちが自分たちの最も深い恐れに立ち向かい、魂を飲み込もうとする悪意ある存在と戦います。次元の間のベールが薄くなるにつれて、埋もれた秘密が明らかになり、普通の人々が非凡な状況に巻き込まれます。

テーマ：

1. 闇の力：人間の性質の暗い側面と禁断の知識の魅力についての不安定な探求を深堀りします。「Veil of Shadows」は恐れの層を明らかにし、未知の超自然

に対する私たちの好奇心に触れ
ます。

2. 善と悪の戦い：光と闇の力の
間での壮大な闘いを目撃し、英
雄たちが独自の能力を見つけ、
迫り来る闇と戦う様子を見てく
ださい。個人が限界に追いやら
れると生じる道徳的な複雑さを
探求します。

3．神秘的な領域と謎めいた生物

：神秘的な領域を旅し、さまざまな超自然な存在に出会います。影にひそむ恐ろしい怪物から、古代の秘密を解き明かす鍵を握る謎の存在まで、「Veil　　of　Shadows」の世界は驚きと危険に満ちています。

4. サスペンスと緊張感：主人公
たちが危険な地域を移動し、難
解な手がかりを明らかにする瞬
間の息を呑むような瞬間に備え
てください。雰囲気のある設定
と巧妙なプロットの転回が、読
者をイスの端に座らせ、影に隠
された真実を明らかにしようと
する渇望を引き起こします。

プレゼンテーション形式：

「Veil of Shadows」は英語で2週間ごとに新しい章が発表される形で発表および出版されています。各インストールメントには、物語性のあるイラストが添えられ、物語性のある読書体験を高めています。

結論：「Veil of Shadows」は読者を引き込む、身の毛もよだつ冒険に招待します。豊かに想像

された世界、複雑なキャラクタ
ー、サスペンスと超自然の要素
をシームレスに組み合わせた物
語で、この連載小説は各章ごと
に読者を魅了し、スリルを提供
することでしょう。

第一章

部屋は暗く、中央に小さな青いプラスチックの子供椅子がある以外は、一見何もないように見えた。椅子は天井から差し込むライトに照らされていた。彼は、もっと大きな椅子にもかかわらず、無性に座ってみたくなり、その椅子に近づいた。それは、保育園や幼稚園で見かけるイケアチェアのひとつで、カラフルなテーブルを囲み、壁には無条件に人生を愛する読み書きのできない子供たちが描いた絵が飾られていた。彼は座って天井を見つめた。

天井は車のサンルーフのよう
に開け放たれ、澄み切った青
空と、おそらく夏であろう明
るい太陽、そして風に押され
て散発的に視界を横切る数本
の白い筋状の雲が徐々に姿を
現した。遠くで、その夏の空
から、開いたハッチから動物
の鋭くけたたましい鳴き声が
聞こえてきた。それは、使い

古された車のブレーキのように、レールの圧力に耐え続ける線路のように、鳥が飛びながら仲間の鳥を呼び、巣の先祖代々の動きを導くように、何度も空中で悲鳴を上げた。少なくとも4メートルはあろうかという翼幅の開口部から、青空の景色はたちまち暗くなり、通り過ぎて消え、太陽は輝きを取り戻し、彼の顔の上を通り過ぎ、消え、再び彼の目をくらませた。今では互いに呼び合う多くの鳥たちの間を、何度も行き来した。その長いくちばし、羽のない翼、大きく開いた口は、彼らがその世界、その時代、その千年では普通の鳥ではないことを疑わせた。彼は腕を組み、体を強く抱きしめた。小さな雪がちらつき、照明が暗くなり、吹雪のように風が吹き、気温が何度も下がった。彼の歯は激しく鳴り、体は震えたが、彼はその青い子供椅子の上で、彼の外には何もない薄暗い部屋の中央で、天井のカーテンのような裂け目の上で、動かずにいた。

数分後、まぶしい太陽が戻り、アフリカのような熱気に包まれ、額に汗のしずくが浮かび上がった。遠くの轟音。「起きたい」と彼は声に出して宣言した。体が従い、彼は椅子から立ち上がった。「この部屋を出たい」。彼の足はドアらしきものに向かって動いた。「ドアを開けたい」。彼の手は、以前はなかった錠前をつかみ、強く握りしめ、錠前を下ろし、出ようとした。 ドアが開く。「ドアが開く。ドアが開いた。安堵の

ため息が出た。「ベッドに行きたい

」。彼の体は動き、ダブルベッドに

落ち着いた。布団はしわくちゃで乱れ、かすかに汗と塩味のにおいがした。彼は横になって目を閉じ、両手を胸に当てて突っ伏し、大声で「起きたい」と言った。彼は懸命にまばたきをした。

彼は動かず、静寂と暗闇の中で、部屋のあらゆる音、あらゆる匂い、あらゆる感覚を吸収した。何もない、夜の静けさが彼を包んだ。彼はわずかに頭を動かし、ゆっくりと頭を上げて自分の部屋を観察した。書類が散らかった机、プラズマテレビ、しわくちゃの服でいっぱいのタンス。床には靴が散乱し、木製の椅子にはウールのジャケットが敷き詰められている。ナイトテーブルには薬と黄ばんだ水の入ったグラス。薄暗いラ

ンプ。窓は開け放たれ、カーテンが
夜風にそよぐ、 月明かりが部屋を優
しく照らす。

彼は自分の家にいた。決定的な証拠
をつかんだに違いない。右手の人差

し指を左手の手のひらに差し込もうとした。指先が肉に触れ、止まった。目が覚めたのだ。「くそっ、今回はなんという旅なんだ！」。きしむ椅子から体を起こした。彼はパソコンに向かい、電源を入れ、未完成のファイルを取り出し、こう書いた：ルシッド・ドリーム22、気がついたら先史時代にいた。3時6分に出て、4時22分に戻った。戻るために、私は自分の身体に声を出して命令した。メモ：寒さと熱の刺激に対して、身体は現実のように反応した。汗でびっしょりになったシャツをまだ持っている。帰る前に、私は子供時代を再訪するつもりだったので、すっかり話がそれてしまった。

彼は携帯電話を手に取った。ダイヤルしてオーソドックスな電話がかかってくることを祈る。「私よ、寝てたの？女性のうつろな声が彼を迎えた。「明らかに夜です。"あいさつしたかったの、会いたいわ"　「夜中に電話するのはやめてください。いつも警察か病院からあなたの死を知らせる電話だと思うんだけど、そうじゃなくて、ただがっかりするだけなの。

このままじゃダメだ……すべてが変わって、やっと君を満足させ、君とジオの望みをすべて叶えることができるんだ」。彼はどう？寝てる？私のことを聞いてくる？「いいえ、あなたのことは聞かないわ。彼は恥じていて、友達には父親がいないと言っている。彼はただ忘れたいだけなんだ、僕みたいに......僕はひとりじゃない......頼むから電話しないでくれ......」。「一人じゃない？本当に？誰なの？誰かと一緒にいるんだろう...お願い、愛してる！もう一度チャンスをくれ！私たち家族のために、私たち3人のために、すべてを解決するから！" 沈黙。回線は切断されていた。

クリスは自分の両手を見た。小さな涙がおずおずと頬を伝い、無に帰した。いつものファーストフード店で不規則な食事をし、体重はかなり減っていた。髭を剃り、体を洗い、髪をとかす必要があった。彼は部屋を見渡した。

彼は『ブルーラグーン』のブルック・シールズのポスターに近づき、その女優の若々しい顔、ふっくらとした口、膨らんだ唇、ウェーブのかかった茶色の髪が裸の肩に優しくかかるのを愛撫した。彼は興奮した。「私を信じてくれる？僕は必ず成功する。僕が望むすべてを手に入れ、それを君と分かち合うんだ。彼は、水着にかろうじて覆われている乳房に控えめに手をかけ、露わになった肌を愛撫し、カラフルなブラの輪郭をなぞった。

もう片方の手は、色あせたパジャマ

の中で光っている彼のペニスに向か

った。彼はそれを解放し、すぐにオーガズムに達した。「こんなふうに私を楽しませる方法を知っているのはあなただけ。愛してるよ、君だけが僕の伴侶なんだ」。彼はすぐに体を洗うと、しわくちゃの布団に体を投げ出し、回復の眠りについた。

ブルックは夢のない眠りの中で、寂しげでありながら母性に満ちているように見えた。ナタリーもまた、アメリカンコーヒーを手招きしているように見えた。彼女はその週の最初のシフトを任されていた。市場が好調に推移し、損切りのポジションをカバーするために疲弊した努力を強いられないことを願っていた。

プライベート・バンキング・アシュ
アランス社に恥ずかしながら採用さ
れ、6桁の口座を持つ顧客を担当し
た。保険部門で活躍するニューヨー
クの小さな銀行ブティック。そのビ
ジネスは失敗が許されないものだっ
た。利益は安定しており、1カ月で
最大+3％の純益を記録した。

26％の税金を差し引くと、実に興味
深い資本が残り、彼女は固定給プラ
ス歩合給で働いていた。

Ｓ＆Ｐから贈られたプラダの靴をぼんやりと眺めていた。クリーム色で光沢があり、10センチのヒールのある洗練されたパンプスで、ときどきクライアントを油断させていた。とはいえ、彼女のレベルに達するには、エレガンスと魅力は必然的に身につき、習得する必要がある。

と魅力は必然的に身につき、習得されるものなのだ。

茶色の長い髪をなびかせ、柔らかなウェーブを描きながら、その広い顔には黒いまつげに覆われた強烈なブルーの瞳があった。彼女はどことなく、唯一成功した映画『ブルーラグーン』でデビューし、過去2世代にわたって真のセックスシンボルだった色あせた女優に似ていた。確かに、年配の顧客は彼女にそのことを思い出させる機会を逃さなかった。彼女は、自分の部屋の静寂の中で、映画の中の罪深いティーンエイジャーと一緒にいる自分を思い描きながら、どんな思春期の夢が生まれたかも想像したくなかった。

彼女は柔らかいシルクのドレスを着ていた。シャンパン色のパンツスーツはウエストがきゅっと絞られ、豊満な胸元をかろうじて覆うフューシャ色のトップスを軽薄に露わにしていた。敬意と反抗、秩序と快活さ、男らしさと官能性の組み合わせは、良い取引によって引き起こされるアドレナリンと同じくらい彼女の興味をそそった。ヒストグラムが上昇し、数字が下がり、シナプスが素早く処理され、代償ホルモンが注入され、彼女の推理が勝利する確率的可能性が高まるのを目の当たりにし、首の静脈に流れる血液がドキドキした。

お金を失うか得るかを決めるのは、

ほんの数秒。

彼女は勝った。

だから彼女は高給取りで、最も重要で保守的な顧客の前でも美しく魅惑的でいる余裕があった。その後は、不名誉で無一文だった。

「ナタリー、おはよう、今朝は君の番かい？」管理人はいつもの輝く笑顔で彼女を迎えた。

「はい、ラルフ、ありがとう。開け
てもらえますか」と彼女は答えた。

両開きのドアが開き、赤外線センサ
ーが彼女が武器や危険物を携帯して
いないことを検知した。

指標や数字、チャートを表示するア
クティブモニターに囲まれた小さな
トレーディングルームが彼女を出迎

えた。椅子が3脚、ウォーター・ディスペンサー。

必要不可欠なもの。

「おはようございます！」誰もいない部屋に、美しいナタリーがそう言った。

第二章

クリスが目を覚ましたのは、7月だっただろうか、不定形の日がやってくる日だった。冷蔵庫には食べ物ゼロ、清潔な服ゼロ、揃いの靴下ゼロ。ブルックは彼に新たな活力を与えた。

明晰夢その23：本物のお金、50ユーロ紙幣の山の中で泳いでいる自分を想像する。子供の頃からずっとそうしてきた。子供の頃、50ユーロ紙幣の山の中で泳いでいる自分を想像する。私の家族も私と一緒に、本物のお金の山の中を航海し、高級車、フェラーリ、たくさんのフェラーリを乗り回し、お城に住んでいると想像する！これらすべてを想像するのは、自分のパラダイムを再構築するためだ。潜在意識を再構築し、明晰夢の一部を現実に再現するために。

肘掛け椅子に座り、トランス状態になりながら考え始めた。朝11時頃、何も食べず、何も飲まず、5時間ほど夢も見ずに静かに眠った。

彼はPCから立ち上がると、アームチェアに向かった。目を閉じ、心の中で子供の頃の自分を想像した。体は小さくなっていたが、自分自身であることに変わりはなく、肌は滑らかで、すでに眼鏡をかけていた（明晰夢では、眼鏡、腹、ハゲなど、ミニ・アダルトの表現として子供を想像していることに注意）。母親は彼を愛し、ぽっちゃりした頬を優しく撫でた。

母親はシルバーのベントレーに乗り、美しく洗練された女性だった。母親は彼を車に乗せ、シートベルトを締めた。ディズニーランドに行ってジェットコースターに乗るようなものよ」。

彼は、美しく魅惑的な母親に会えたことを喜び、うなずいた。

車は力強いエンジンの穏やかな音と
ともに発進し、やがて薄暗い長いト
ンネルに入り、何台ものトラックを
素早く追い越していった。彼は現実

を確認する必要があったので（明晰夢の中にいることを常に意識する）、右手の人差し指を右手の手のひらに差し込んだ。

指は難なく物質を貫通し、手の反対側から現れた。

よし、中に入ったぞ

トンネルを抜けると、観覧車ほどの高さと四方を囲まれた巨大な洞窟が広がっていた。壁に吊るされたヘッドライトが一点を照らしている。

二人は車の中で洞窟の中心に近づいた。車は止まり、若いクリスが降り、母親が続いた。彼の目の前には、彼の背丈ほどの小さな50ユーロ紙幣の山がそびえ立っていた。その横にも同じ高さの24カラットの金の延べ棒のピラミッドがあった。最後の塚には、古代の荒く鋳造された金貨があった。

若かりしクリスは、柔らかくて香り
の良いマットレスのような紙幣の山
に身を投げた。彼はその香りを嗅ぎ
、富の大らかな香りを深く吸い込み
、お金の生き生きとした強烈な香り
に鼻孔を浸した。

彼は50ユーロ札を手に取り、その真偽と透かしを確かめながら、くるくると回転させた。

無邪気な子供のように楽しそうに笑った。

それから彼は少し目を覚まし、金の延べ棒から発せられる輝きに近づいた。近づくと、深く響く鐘の音が耳に響いた。まるで古代チベットの鐘のような一撃の音と、それに続く深いバリトンの詠唱：　OMMMM。もう一度、鐘、OMMMMM、鐘、OMMMMM....。彼は、子供の頃も大人になってからも、念仏を唱えた記憶がなかった（由来がわからない曖昧な要素が入ることに注意）。

「この富を誰かと分かち合うべきだ」と彼は思った。

車から別の人が降りてきた。

優雅で美しい女性、優しくて屈託の
ない女性。

車のドアが開き、欲望が彼を完全に
支配した。黒いストッキングに覆わ
れた女性の脚が現れ、大きなヒール
が細い足首を強調した。そして、も
う一本の脚が現れ、続いて彼女の身
体と顔が現れた。元妻だった。

彼女は子供のような態度で彼に近づ
き、軽蔑するように、そして貪欲に
彼を見た。

「愚かな虫けらめ。これは私のもの
よ！不幸にもあなたに似ている私と
一緒に妊娠した堕胎児を育ててくれ
た恩人よ。お前のような負け犬にな
る中絶を、私はまだ捨てられない
……"

(目を覚ませ、すぐに目を覚ませ、す
ぐに、夢は脱線する）。

「いや、私のものだ！失せろ、この
ハーピー！あなたを愛していたのに
、無一文の男のために私を裏切った
。彼らは私と息子のものだ。あるい

は、あなたを取り戻すために、あなたと、私の命と、名誉を……"

彼の最後の言葉は嗚咽に消えた。クリスは顔を覆い、紙幣の山の中で丸くなって泣いた。

母親が彼に近づいた。「私の小さな息子よ、あなたはいつも混乱していた。何もかもが難しかった。これがあなたのパラダイムなのだから。自分を見てごらん、見てごらん、小さなクリス……"

お金は消え、気がつくと彼は狭い簡易キッチンにいた。鍋が沸騰し、中には卵が入っていた。木製の椅子には油まみれのふきんが掛けられている。

プラスチックのテーブルクロスがかかったテーブルには、10センチ×10センチの正方形に、カプチーノカップに入れられた忌まわしい目がぎゅっと詰まっている。

目がクリスを見た。「おはよう！今日は日曜日だ。目を覚まさないと、遅くなり、夢にむしばまれるぞ！"

沸騰した湯を入れた鍋が激しく泡立ち始めた。古い陶器製のストーブの4つのバーナーが点火され、ガスを燃料に燃え上がり、その炎は最大まで上がった。

小さな椅子が背後からクリスに近づき、彼を抱きかかえ、包み込むような肘掛けが炎に向かって蛇行した。

テーブルクロスが　"クリス、出来上がった卵を食べなさい！"とチャイムを鳴らした。その椅子は、火のついたバーナーへスルスルと近づき、逃れることはできなかった。

「目を覚ましたい！今すぐ目を覚ましたい！"

火は弱まり、椅子は彼を解放した。母親が台所に入ってきた。

「火遊びをしているのが見える？ど
うしたの？髪が焦げてるわよ..."

クリスが目を開けると、彼は静寂に
包まれた自室の肘掛け椅子の上で大
人になっていた。目を開けても、ま
るで悪夢から目覚めたように動かな
かった。

手には50ユーロの紙幣を握りしめ、難破した船乗りのオールのように強く握っていた。

部屋はまだ昼間の光で満たされていた。彼は目を動かした。確かめなければならない。

右手の人差し指を左手の手のひらに当てた。指は手のひらにぶつかった。爪を切る必要があった。

目を覚まし、50ユーロの紙幣を持っていた。

彼は立ち上がった。

「ブルック、私の愛しい女神よ。やったよ！欲しいものは何でも買ってあげるよ！"
彼はコンピューターに向かった。

23番目の明晰夢。私の潜在意識は私を裏切った。子供の頃が蘇ったが、紙幣を持ってきた。さらに潜在意識への自己暗示、過去を忘れる催眠。

彼はひとつだけ確認する必要があった。彼は立ち上がり、鏡に向かった。

左のこめかみの毛が数本焼けていた。

「そんなことはどうでもいい。今日、私は初めて本当の成功を収めた。

あとは催眠術で、過去を安定させる
だけだ。そしてパラダイムを忘れる
。新しいパラダイムを構築すれば、
潜在意識は違った反応を示すだろう
。"

彼はブルックに向き直った。"ダー
リン、君のためにやっているんだ
……すぐに君を本当に手に入れ、フ
ェラーリや富のように僕のものにす
る。すべてをここに持ってくる。す
べてを！"

S&P500指数は3ポイント下がり、ユ

ーロ・ストックス50指数は安定し、

ナスダックは上昇した。彼女はそれ

をカバーしなければならなかった。

もう十分よ。彼女は立ち上がった、

新鮮な空気が必要だった。アドレナリンがまだ体内を駆け巡っていた。ビタミンD、日光が必要だった。太陽を見つめ、体内を循環するホルモンのバランスを整えるために。

「散歩してくるよ。お昼は何も起きないってわかってるから。午後になればわかるよ」。

「オーケー、クロ。じゃ、また。長いコーヒーを持ってきてくれ」。

ワークステーションから、ヘンリーは彼女に優しく微笑みかけた。彼はグループの中で最年長であり、女性が人前で話したり、車を運転したり、教育を受けたり、発言したり、投票したりする権利を持つことを想像することさえ、彼には非常に難しかった。しかし、彼は格調高く、とても礼儀正しい男性だった。

彼女は彼が近づいてくるのを感じた。「カバーしないと大変なことになりますよ。すぐに戻ってきてください、お嬢さん..."

そうそう、新鮮な空気、太陽、食べ物、水。合理的に考え、最善の解決策を考えるための必需品だ。

彼女はいつものバーに向かった。彼女はいつものように通りを横切った。ビストロは騒がしい人々でいっぱいだった。彼女は人通りの少ない一角を探した。

彼女は2人掛けの丸テーブルを選び、その中央には紙ナプキンが所定のホルダーに入れられ、小さな灰皿があった。テーブルの上にはQRコードが書かれたステッカーが貼ってあり、それをスキャンするとメニューが表示される。彼女はそれを暗記し

ていたし、食べ物に関してはほとん

ど想像力がなかった。

ウェイターはいつものズボンにいつ

もの白いシャツ、履き古したスニー

カーを履いて近づいてきた。

「クリス、どうぞ。ちょっと急いでるんだ。トースト、氷入りの絞りたてのジュース、半ガスの水、お持ち帰りのロングコーヒーです。"

クリスは彼女を見つめた。彼女は相変わらず美しかった。

つづく…

プレゼンテーション:　ニューヨーク のパルプホラー作家、Viktor A. King

こんにちは、皆さん。今日は、ニューヨーク出身の著名なパルプホラー作家、Viktor A. Kingについてお話しします。彼は独自のスタイルと深い恐怖の世界を作り出し、多くの読者に驚きと恐怖を提供しています。

Viktor A. Kingは、その筆力と創造力により、ホラージャンルのファンから高い評価を受けています。彼の作品はしばしば夢と現実、幻想と恐怖の境界線を曖昧にし、読者を不安にさせ、驚かせます。彼の物語は、その独自性と洗練された筆致によって、ホラー小説の愛好家に喜ばれています。

Viktor A. Kingは、パルプホラーの領域で幅広いテーマに取り組んでおり、その作品は読者に様々な恐怖体験を提供します。彼の作品は時折、鮮やかなイメージと精緻なプロットによって読者を魅了し、恐怖と興奮を同時に味わうことができるでしょう。

彼の作品はパルプホラーの伝統に敬意を払いつつ、新しい視点とアイデアを取り入れています。彼の小説は、読者に恐怖の世界への深い探求心

を駆り立て、常に驚きと感動を提供

しています。

Viktor A. Kingの作品をまだ読んでい

ない方にとっても、彼の恐怖の世界

への旅は必見です。彼の作品は、ホ

ラージャンルの新たな魅力と深い洞

察を提供し、読者を恐怖の迷宮に誘

います。

皆さん、ニューヨークのパルプホラー作家、Viktor A. Kingの作品をぜひご覧いただき、彼の恐怖に満ちた創造性をお楽しみください。

同じ著者

影のヴェール II

影のベール III

影のベール IV

影のヴェール V

目覚めないで

暗黙の共鳴

ブラックレッド ブラッドホワイト

印刷済み 2023年6月

カバー価格 電子書籍 3.90ユーロ

書籍 5.55ユーロ

www.ingramcontent.com/pod-product-compliance
Lightning Source LLC
Chambersburg PA
CBHW021335160726
47994CB00007B/2709